AF465595

LETTRES

À M. de... contenant quelques observations sur la Tragedie de Mariamne par M. DE VOLTAIRE.

PREMIERE LETTRE.

CE que je vais dire, M. va sans doute vous paroitre un paradoxe bien étrange, mais n'importe, il faut que je me soulage ; selon moi Mariamne ne vaut pas Inés de Castro.

J'avoüe qu'on trouve dans cette piéce quelques portraits assez brillants; mais pour l'ordinaire ce sont des portraits de déclamateur que le Poëte place, chemin faisant, sans s'embarasser s'ils siéent au personnage à qui il les donne.

Le caractere d'un personnage une fois établi, il me semble que l'art le plus important de la Tragédie, est de saisir au juste le sentiment que chaque circonstance doit produire en lui, & de faire en sorte que tout s'y assortisse.

Il est un art encore plus délicat. Il consiste, non seulement à saisir en général le sentiment convenable, mais encore à le suivre dans les differents tours, & si je l'ose dire, dans tous les symptômes que l'espece de passion qu'on dépeint produit nécessairement.

En effet il y a un ordre naturel dans toutes les passions, comme il y a un enchaînement dans toutes les véritez. Les mouvements du cœur se lient & naissent les uns des autres, à peu près comme les idées de l'esprit. L'Auteur dramatique doit donc être fidele à la suite & au détail du sentiment; s'il en interrompt l'ordre, il n'imite point la nature, il la dérange.

Si vous relisez Mariamne dans cette idée, je suis persuadé, M. qu'elle fera sur votre esprit la même impression que des tons faux feroient sur votre oreille. Tantôt le personnage y paroît avec une passion opposée à celle qu'il devroit avoir: tantôt il ne soutient pas le ton que la nature lui avoit fait prendre: quelques fois le sentiment est dementi par l'expression, & d'autres fois l'expression par le sentiment.

N'êtes vous pas aussi choqué de l'espece de dialogue de cette piece? A le bien prendre les personnages ne s'y répondent point, ils parlent l'un après l'autre, & voilà tout. L'un finit de parler, parce que le Poëte le veut ainsi; un autre commence, parce que tel est encore le bon plaisir du Poëte; mais on ne voit presque jamais que le premier ait fini où il faut, & que le second ait commencé à propos, & sur le ton qui convenoit par rapport au premier. En un mot, Mariamne, Salome, Herode, Varus & leur cinq confidents n'expriment point leurs sentiments, mais ils debitent des vers que M. Voltaire a faits pour eux.

Ne trouvez-vous pas encore un air d'imitation dans presque toute la piece? Il semble que chaque scêne ait été faite sur le patron de quelqu'une de Racine, de Corneille, de Crebillon, de Capistron, & que le Poëte n'ait employé son genie, qu'à dépayser celui de ces quatre Auteurs.

Quand M. de Voltaire évaluë autant qu'il peut le mérite des vers dans une Tragédie, il plaide *pro domo sua*; mais en vérité sa cause, même du côté de la Poësie, n'est pas aussi bonne qu'il pense. Outre qu'il y a dans sa piece un assez grand nombre de méchants vers, ceux qui sont bons ne le paroîtront peut-être pas tant, si on les considere comme discours d'un personnage. A cela près, il faut convenir que la piece est bien versifiée, & qu'il y a même en ce genre des morceaux excellents à tous égards.

Cet avantage est le seul que Mariamne me paroisse avoir sur Inés.

Le sujet de la Tragédie de Mr. de la Mothe est important: il roule sur un sentiment général, auquel tous les cœurs sont prets à se préter. Il s'agit de la mort du seul heritier de la couronne, & de la mort d'un fils. L'intrigue de la piece est d'ailleurs assez neuve; les situations y sont variées, & elles présentent l'objet principal dans toutes les faces interessantes. Voilà selon moi ce qui a fait valoir Inés sur le Theatre. Le jeu des Comediens a couvert toutes les fautes de détail qui affoiblissent, détruisent même par avance l'effet des situations.

Croyez vous au contraire, Monsieur, qu'un époux furieux, qui veut faire perir sa femme par jalousie, soit un sujet bien interessant? Les sentiments aussi bien que les caractéres ne sont ils pas tous triviaux dans cette piece ? Les situations n'y sont elles pas amenées & soutenües avec langueur ? Combien de refléxions fourniroient les seuls personnages de Salome & de Varus. J'aurois bien des choses à vous dire sur tout cela, aussi bien que sur la conduite de l'action ; mais c'en est déja trop, & il faut finir. Il y a plus de défauts dans Inés, & plus de médiocrité dans Mariamne. Je suis, &c.

A.... 7. Septembre 1725.

SECONDE LETTRE.

JE vois, Monsieur, que nous sommes d'accord sur la médiocrité, ou pour mieux dire, sur la bassesse de l'action de Mariamne ; mais vous voudriez sçavoir ce que je pense de la maniere dont M. Voltaire s'est justifié là dessus.

La Tragédie de Mithridate, selon lui, se reduit à une action simple & ordinaire ; il y a donc de l'injustice à condamner à cet égard l'Auteur de Mariamne, ou bien il faut envelopper dans cette condamnation une des plus belles piéces de Racine.

Il est vrai que l'action de Mithridate

peut se réduire à une action simple & ordinaire ; il n'en est même guéres qui ne soit susceptible de ce tour, si l'on en a bien envie : le malheur est que l'action de Mariamne est vitieuse par la bassesse & par le ridicule, & non par la simplicité.

D'un côté, c'est une belle sœur chagrine & violente, qui veut absolument faire tapage, sans sçavoir trop pourquoi, n'y comment.

D'un autre côté, c'est une femme de mauvaise humeur & mécontente de son mari. Non seulement elle lui refuse le devoir conjugal, mais encore, si j'ose me servir de cette expression badine, elle veut se séparer de corps d'avec lui.

Varus est dans la piéce pour préter la main à Mariamne. Ce rôle ne manque jamais dans les intrigues de cette espece ; & tout ce qui l'annoblit ici, c'est que ces sortes de secours procurent pour l'ordinaire une récompense que Varus a la bonté de ne pas exiger.

Herode est d'abord un époux furieux, qui veut être payé de ses droits, & ne peut l'obtenir ; c'est ensuite un mari

mari jaloux qui croit qu'un autre profite de ce qu'on lui réfuse.

N'êtes-vous pas maintenant surpris de voir déployer toute la majesté de la Tragédie pour une action digne tout au plus du bas comique.

Peut-être, pour vérifier la noblesse de cette action, ne s'agit-il que de considerer la vérité morale qui en résulte ; mais il me semble que cette voye de justification ne reussiroit pas à M. de Voltaire.

La catastrophe de la piece, par rapport à la mort de Mariamne, prouve qu'une femme qui n'accomplit pas exactement les devoirs du mariage s'expose à de grands malheurs.

Par rapport à Herode, qui dans les premiers transports ordonne que sa femme périsse, & qui découvre ensuite son innocence, il resulte uniquement, si je ne me trompe, qu'un mari qui se livre trop brusquement à la fureur de la jalousie, commet souvent à l'egard de sa femme des injustices irréparables.

J'apprends enfin par la mort de Varus, qu'il ne faut point entrer dans les démelés qu'ont ensemble un mari &

une femme, & que pour l'ordinaire cette indiscrétion tourne à mal.

Ces véritez morales, comme vous le voyez, Mr. s'assortissent très bien à la nature de l'action telle que je l'ai qualifiée; il n'y a donc pas moyen d'envisager cette action sous une face noble, quelque bonne envie qu'on en ait.

Pourquoi M. de Voltaire rapproche-t'il sa piece de celle de Racine? Il me semble que c'est bien mal entendre ses interêts: car enfin que penser de Mariamne, lorsqu'on se rappelle tous les embellissements principaux & accessoires, dont Racine a relevé & annobli l'action de Mitridate?

Il est vrai que M. de Voltaire prétend s'être ménagé les mêmes ressources. *Un Roi*, dit il, *à qui la terre a donné le nom de grand... la passion furieuse de ce Roi si fameux par ses vertus & par ses crimes..... l'ambition de sa sœur... les intrigues de ses ministres... peut on dire qu'un tel sujet soit indigne de la Tragédie?*

C'est ainsi que cet Auteur a remplacé les caractéres de Mitridate, de Pharnace, de Xipharès. Les objets grands & sublimes que la piece de

Racine offre de ſcêne en ſcêne, annobliſſent & font diſparoitre la petiteſſe de l'action. Si l'on trouve dans Mariamne l'équivalent de ces beautez, mon avis eſt que M. Voltaire n'a point tort. Examinons donc la deſcription éloquente que fait cet Auteur de l'art qu'il a employé.

1°. Que fait au caractére d'Herode dans Mariamne, le titre de grand que lui ont donné les Annales des Juifs? Herode dans l'Hiſtoire juſtifie ce titre par ſes actions; mais il le dément par ſa conduite dans la Tragédie de M. Voltaire.

Il eſt vrai que ce Prince ſe donne pour un grand homme. Il dit qu'il a *un courage inflexible*, qu'il *ſcait vaincre & regner*; que *ſa politique étonne l'univers*. Mazaël & Salome paroiſſent en avoir la même idée; mais que ces perſonnages jugent d'Herode comme il leur plaira, peu m'importe: le caractére de ce Prince ne doit pas réſulter de ce qu'ils en penſent, mais de ce qu'il eſt veritablement par ſes actions & par ſa conduite.

Si en liſant la Tragédie de M. Voltaire, vous avez perdu de vûë le caractére historique d'Herode, je m'imagine que vous n'avez point été étonné ni de la science consommée de ce Prince dans l'art du Gouvernement, ni de la profondeur de sa politique.

Peut être en revanche aurez vous été surpris des contre-tems bizarres où il tombe, des partis brusques qu'il prend à tout propos sans aucun fondement legitime, de son aveugle bonté pour Salome, du peu de discernement qu'il fait paroitre à juger de tout ce qui se passe.

Vous n'aurez point compris qu'un homme aussi fin se laisse grossierement duper par sa sœur, qu'il tarde aussi long tems à s'appercevoir de l'amour de Varus, en un mot qu'il donne dans tous les pieges, & concerte aussi mal toutes ses mesures.

Quand vous vous rappellerez en même tems, que le vacarme que ce Prince fait dans la maison, est fondé sur ce que Mariamne *abhorre ses approches*, peut-être alors aurez vous compassion de l'état déplorable du pauvre Herode; mais surement vous ne croirez pas que tout cela lui fasse mériter dans la piece le titre de grand que l'Hiſtoire lui donne.

2°. M. Voltaire pour relever l'éclat de ſa piéce fait valoir la réputation qu'Herode s'eſt acquiſe *par ſes vertus & par ſes crimes.* Si les vertus qu'Herode a dans la piéce ſont les ſeuls fondements de ſa réputation, elle eſt acquiſe à bon compte.

3°. Je vois bien que l'Auteur a voulu faire de Salome une femme forte; mais il eſt queſtion d'examiner ſi ce deſſein eſt rempli.

J'apprends dans le premier acte, qu'Herode épris de Mariamne avec fureur, en eſt honteuſement dédaigné: que Salome a une haine implacable contre cette Princeſſe, & qu'elle en pourſuit la mort. Dans cet objet elle aigrit ſans ceſſe le deſeſpoir d'Herode. Ce Prince infortuné, tour à tour victime de ſon reſſentiment & de ſon amour, condamne Mariamne à chaque inſtant, & l'abſout. Dans cet état de trouble & d'horreur il part pour Rome avec Zarés un de ſes Miniſtres, & confident de Salome. Salome retrace alors chaque jour dans l'eſprit d'Herode les mépris de ſon épouſe; elle reveille & irrite ſa jalouſie. Zarés l'allarme encore par de nouveaux soupçons : il lui dépeint la haine implacable de la Reyne, le crédit & l'authorité qu'elle a dans la Judée, qu'enfin il est nécessaire de la prévenir. Herode craint pour sa gloire & pour sa vie, & il ne voit plus Mariamne; il signe l'arrest de sa mort, & c'est Zarés lui même qu'il charge de l'execution de cet assassinat.

Voilà, M. l'idée que M. Voltaire donne de Salome dans le premier acte. Vous êtes sans doute étonné de la bassesse & de la noirceur de ces sentiments. Peut-être croiriez-vous qu'ils ont été déterminés par de grands motifs d'ambition & de politique; car en effet ce n'est que par là qu'ils peuvent s'annoblir,& paroitre avec quelque dignité. Voyons donc de quoi il s'agit.

Salome veut-elle s'emparer du trône en l'absence d'Herode, & la vie de Mariamne lui est elle un obstacle? Ses desseins ne sont pas si élevez.

Herode est-il un Prince foible,qui s'endort sur le trône,& abandonne les soins de l'etat? Peut-être que l'authorité du Gouvernement est par là toute entiere dans les mains de Mariamne, & que la seule ressource de l'ambition de Salome est la mort de la Reyne. Mais il faut encore perdre ces idées de vûë. Herode est un Prince absolu, il ne partage avec personne le pouvoir de l'empire, & Mariamne n'a jamais eû part qu'à son amour.

Enfin, Monsieur, la Reine est-elle l'ennemie déclarée de Salome ? Veut-elle la perdre dans l'esprit d'Herode ? A-t'elle attenté sur sa liberté ou sur sa vie ? Recourez au second acte dans le moment que l'entreprise de Zarés vient d'échoüer, & vous verrez qu'il n'y a que dequoi édifier dans les sentiments de Mariamne. Elle connoit *tous les complots* de Salome ; elle sçait que c'est par elle que *le spectacle de la mort vient de lui être presenté* ; & cependant elle l'avertit obligeamment de *ne rien craindre*, qu'elle *dédaigne également & son crime & la peine qu'il mérite. Allez*, ajoute-t'elle, *apprendre au Roi les secrets de mon ame, ranimez sa colere, armez la calomnie de tous vos délateurs ; je pourrois aisément vous confondre, mais je ne veux vous opposer que ma vertu & mes mépris.*

Voilà assurément bien de la bonté, & même un peu trop : ce ne sont donc pas les projets de Mariamne qui font naître ceux de Salome ?

Quelques expressions échapées dans le premier acte me font deviner à peu près ce que veut cette Princesse ; mais je ne le sçai positivement que dans le second. Là elle se déclare ainsi.

> Moi, je veux de mon Roi partager la grandeur;
> Je veux qu'à mon parti la Cour se réunisse,
> Que sous mes volontez tout tremble, tout fléchisse;
> Voilà mes interêts, & mes vœux assidus.

Je ne dis rien de ces vers en eux mêmes, non plus que de la froideur que leur donne une espece de tour sententieux. Salome ambitieuse, & dans la circonstance vive où elle est, ne doit pas s'expliquer avec cette inaction: mais, Monsieur, souvenez-vous de ce que j'ai dit tout à l'heure, & réduisez ces expressions à leur juste valeur ; qu'en resulte t'il ? Rien autre chose, sinon que Salome veut avoir part préferablement à tout autre dans les bonnes graces du Roi, être entourée d'une cour nombreuse, & se procurer ainsi sous Herode une authorité subalterne, mais supérieure à celle même de Mariamne. C'est dans la crainte que ces honneurs ne lui échapent, qu'elle a sans cesse présent le projet de la mort de Mariamne, qu'elle le poursuit avec fureur, & le consomme autant qu'il est en elle; y eut il jamais un personnage plus bas & plus odieux?

Le peu de proportion qu'il y a entre les intrigues de Salome & leur objet, rendent sans doute cette Princesse bien méprisable à vos yeux. Mais peut-être M. Voltaire aura-t'il voulu nous donner l'idée d'un de ces illustres scelerats, qui sçavent annoblir le crime par la fermeté d'ame avec lequel ils le soutiennent. Ce caractére seroit en effet susceptible de quelque sorte de grandeur; examinons donc Salome dans le moment que Varus fait arrêter Zarés, & le renvoie à Herode: voici les premiers mots qui lui échapent:

Enfin vous le voyez, ma haine est confonduë,
Mariamne triomphe, & Salome est perduë.

Salome *confonduë & perduë*, & Mazaël qui *voit enfin* tout cela, me paroissent quelque chose de bien déplorable. Ce qui suit vous prouvera combien M. de Voltaire étoit embarrassé de la contenance qu'il vouloit donner à cette Princesse.

Zarés fut sur les eaux trop long-tems arrêté ;
La mer alors tranquille à regret l'a porté :
Mais Herode en partant vers son nouvel Empire,
Revole avec les vents vers l'objet qui l'attire.

Le crime de Salome est découvert, il faut qu'elle songe à le consommer par de nouvelles mesures : elle est avec Mazaël son confident & l'executeur de tous ses projets, & elle lui dit emphatiquement en quatre vers, que Zarés n'a point eû de vent dans son voyage, mais qu'Herode l'a très-favorable. Si Herode revient si vîte, s'il va paroître ; laissez, dirois-je à Salome, les discours superflus, venez au fait, prennez un parti, & soyez-en bien occupée ; car c'est de cela dont il s'agit, & dont il s'agit uniquement.

Voulez-vous voir jusqu'où va l'accablement de cette Princesse, lisez ces deux vers :

Fatale ambition que j'ai trop écoutée,
Dans quel abisme affreux m'as tu precipitée ?

Ecoutez-la encore, elle vous apprendra pourquoi elle eſt ſi mortellement affligée.

Je verrai tout plier ſous ſa grandeur nouvelle ;
Et mes foibles honneurs éclipſez devant elle.
Mais c'eſt peu que ſa gloire irrite mon dépit ;
Ma mort va ſignaler ma chute & ſon crédit.

Salome ne doit point déplorer d'avance ſes malheurs, mais elle doit penſer à les prévenir. Quelle petiteſſe d'enviſager, & avec tant de trouble, *l'éclipſe de ces foibles honneurs, & la mort même*, il ne s'agit pas de vivre, il faut perdre Mariamne.

Je ſcai comme en ſa place
De tous mes ennemis je confondrois l'audace.

Vous le ſcavez ? Mais en vérité pour le preſent il faudroit ſçavoir autre choſe. Apprennez-nous comment vous confondrez l'audace de vos ennemis, dans la ſituation où vous êtes, & non pas comment vous la confondriez dans une ſituation où vous n'êtes pas.

Cependant ô contrainte ! ô comble d'infamie !
Il faut donc qu'à ſes yeux ma fierté s'humilie,
Je viens avec reſpect eſſuyer ſes hauteurs,
Et la féliciter ſur mes propres malheurs.

Si ces vers étoient préparez, je n'y trouverois rien à redire. Que Salome dise donc que la circonstance où elle est l'oblige à dissimuler, qu'elle va flatter Mariamne, mais qu'elle espere lui vendre bien chèr ce moment de satisfaction; il y auroit de la dignité dans cette conduite: mais faute de cet art, je n'y vois que de la bassesse.

Enfin, M. si vous pensez que cette longue entrevüe de Salome & de Mazaël finira du moins par quelque trait de résolution & de courage, vous vous trouverez bien éloigné de votre compte. Salome soupçonne que Varus aime Mariamne, c'est de quoi donner de la jalousie à Herode; voilà la grande ressource qu'elle imagine, & le resultat de la conference.

Si M. Voltaire veut se donner la peine de relire la scêne de Britannicus, où Narcisse essaye, si je l'ose dire, de tous côtez l'esprit de Neron, jusques à ce qu'il l'ait déterminé à ne point se raccommoder avec Britannicus, il ne se félicitera pas beaucoup de l'adresse qu'il a donné à Salome dans la même circonstance; car en vérité on ne peut rien de plus trivial que ce qu'il lui fait dire. Si l'on voit ailleurs que l'ambition de cette Princesse n'est point fondée sur la grandeur d'ame, on trouve dans cette scêne que le genie & l'adresse n'y ont aussi aucune part. Aigreur naturelle, jalousie de belle-sœur, haine de tempérament, voilà les seuls traits du caractere de Salome, & les seuls principes de sa conduite.

4°. Je voudrois sçavoir quelles sont les intrigues des Ministres d'Herode? A entendre M. Voltaire, ne diriez-vous pas qu'il s'agit dans sa piéce de quelque grand coup d'état, que tous les ressorts de la politique & de l'art du gouvernement y sont déployez? Les intrigues de ces grands Ministres se réduisent cependant à persuader Herode que Mariamne est une *pigriéche*, même quelque chose de pis, & qu'il faut s'en défaire au plutôt.

Ce qui me choque encore dans ces Ministres, c'est de les voir liez, & étroitement liez avec Salome dans l'intrigue du monde la plus affreuse, sans que je sçache ni le motif qui les détermine, ni le but qu'ils se proposent.

Doivent-ils leur fortune à Salome?

Est-ce elle qui les a placez dans le ministere ? Mariamne a t'elle fait tous ses efforts pour les empêcher d'y parvenir ? Songe-t'elle à les en faire tomber ? Enfin ne peuvent-ils se maintenir dans leurs postes, si Mariamne vit ? Vous ne trouverez, M. dans la Tragedie de M. Voltaire aucune trace, aucun vestige de ces faits : c'est en même tems le crime & le plus noir, & le plus desinteressé.

Cette faute est essentielle en elle-même, mais elle donne d'ailleurs à la piece un air de langueur insupportable. Mazaël paroit souvent sur la scêne, & il y débite des vers bien longuement ; mais sa présence ne fait que m'importuner & me refroidir. Si l'on vouloit animer son rolle, il falloit lui donner un interêt personnel dans l'intrigue ; j'aurois alors éprouvé la même chaleur que ce personnage eut fait paroître.

Enfin, M. je ne sçai pourquoi M. de Voltaire a honoré Mazaël & Idamas du titre de Ministres, & Nabal de celui d'ancien Officier des Rois Asmonéens ; car ils ne font rien dans la piéce, ni comme Ministres, ni comme

Officier des Rois Asmonéens. Les deux derniers n'ont aucune part à l'action directement ni indirectement, & le premier n'agit que d'une maniere subordonnée, & uniquement par rapport à un autre personnage de la Tragédie. Ce ne sont donc que trois confidents, & si vous y ajoûtez encore Albin & Elize, en voilà, si je ne me trompe, cinq de compte fait ; & franchement c'est beaucoup.

Trouvez-vous à present, M. que M. Voltaire ait bonne grace de se comparer à Racine dans l'art d'embellir une action simple & ordinaire ?

On a reproché à M. Voltaire le soin qu'il a eû d'éviter la rencontre d'Herode & de Varus. Cette objection est rapportée avec beaucoup de force dans les *veritez litteraires.* Leur interêt exige qu'ils se cherchent ; la conduite de la piéce les force à se rencontrer, ils sont près l'un de l'autre, ils se touchent, pour ainsi dire, à chaque scêne, chaque instant fait esperer leur entrevûe, on l'attend avec impatience, on est agité par avance de la situation où ils se trouveront l'un & l'autre quand le moment viendra : il semble que tout cela soit fait exprè pour attrapper les curieux & s'en ré joüir. Je trouve singulier que M. d Voltaire se soit fait un mérite de ce art.

Selon lui, *Varus ne doit point voi Herode ; car s'il parle à ce Prince ave colere & avec hauteur, il l'humilie ; & il ne faut point avilir un personnage qu doit interresser : s'il lui parle avec poli tesse, ce n'est qu'une scéne de compli ments, d'autant plus froide, qu'elle se roit inutile.*

Il resulte uniquement de ces raisons, que M. Voltaire a plus d'imagination pour prévoir de petits obstacles, que pour les surmonter. Si Racine avoit raisonné aussi prudemment, Achille & Agamemnon n'eussent jamais paru ensemble dans Iphigenie.

La comparaison que fait M. Voltaire de Racine & de Pradon, vous a sans doute plû ; elle est en effet assez ingenieusement tournée : mais ces deux Auteurs ne sont-ils pas deux personnages allegoriques ? Pour moi je crois bien entendre M. Voltaire, & malgré les douceurs qu'il dit à M. de

la

la Mothe, je doute que personne s'y soit mépris.

Pour ce qui manque de justesse à l'allegorie du personnage de Pradon, il ne vaut pas la peine de chicaner M. Voltaire; mais on trouvera sans doute que l'Auteur de Mariamne & de l'Oedipe ne doit point se comparer à Racine; & j'ajoute qu'il fera bien de ne plus aspirer à en devenir le rival.

Quelque belle que soit votre vérsification, dirois-je à M. Voltaire si j'étois en sa presence, votre talent n'est point celui de la Tragedie : laissez Corneille & Racine en possession des honneurs du Theâtre, vous êtes, si je l'ose dire, appellé à une gloire plus neuve. Remplissez les grandes esperances que nous avons concües de votre Poëme d'Henri le Grand; ayez le courage d'abandonner vos guides, & de marcher de vous même : périssent ces traits serviles d'imitation, qui me font rélire à chaque instant dans votre ouvrage, & l'Iliade & l'Eneide. Ouvrez les Annales de notre histoire, & frappez-vous bien de l'impression des faits heroïques qui y sont répandus; mais en même tems que votre imagination se répande dans la variété infinie des objets qui nous environnent. Nos usages, nos mœurs, la forme de notre gouvernement, notre art militaire, nos progrès dans les sciences & dans les arts, la nature & l'agrément de notre climat vous offrent de grands spectacles ; vous y trouverez une source féconde d'images, de comparaisons, de descriptions : je suis déja frappé de la magnificence & de la varieté des épisodes qu'un fonds aussi vaste, & aussi riche vous fournira. Ne vous contentez pas sur tout de nous donner, si je l'ose dire, des caractéres dogmatiques ; je veux reconnoître l'ame des grands hommes dans leurs projets, dans leurs discours, dans leurs actions, & non dans le jugement despotique qu'en porte un Poëte. Enfin soyez notre Homere, notre Virgile, je l'attends ; mais inventez comme l'un, ou imitez comme l'autre.

Voilà, Monsieur, ce que je dirois sans cesse à M. de Voltaire, si j'avois l'honneur de le connoître ; & je vous avouë que je ne pardonne point à ses amis de ne pas le détourner de la carrierre du Théatre, pour le remettre dans celle du Poëme épique où il eſt ſi bien entré. Ce que je viens de vous dire ſur la Tragédie de Mariamne vous convaincra, je penſe, de la bonté de ce conſeil ; ſi je n'en ai pas dit davantage, je puis vous aſſurer que ce n'eſt pas faute de matiere, mais j'eſpere que vous me permettrez de vous renvoyer aux critiques imprimées, & ſur tout aux *véritez litteraires*, pour toutes les fautes du détail de l'action & des caracteres. Je ſuis, Monſieur, &c.

A....19. Novembre 1725.

TROISIE'ME LETTRE.

VOus m'offrez ſi obligeamment, Monſieur, de croire ſur ma parole les défauts de dialogue que j'ai reproché à M. Voltaire, que me voilà déterminé à vous en donner des exemples, malgré la réſolution que j'avois faite de ne plus penſer à cette Tragédie. Les preuves que je vais rapporter ſont d'autant moins affectées, que je les prends toutes dans la premiere Scêne du premier Acte.

Il me semble qu'il convenoit de faire ouvrir la Scêne par Salome, & non par Mazaël : voici les raisons sur lesquelles je me fonde.

Herode en son absence avoit remis le pouvoir de l'Etat entre les mains de sa sœur. La Judée qui aimoit & respectoit dans Mariamne le reste du sang de ses Rois, obéïssoit avec peine à Salome, & songeoit à secoüer le joug de son authorité ; Salome envoie Mazaël pour observer & pour calmer les mouvemens des Hebreux, Mazaël revient, voit Salome.

Songez, Monsieur, à l'interêt qu'a cette Princesse au succès de l'intrigue de Mazaël : songez à l'inquiétude que son ambition & sa haine doivent lui causer : songez sur tout aux circonstances où elle se trouve dans ce moment ; il s'agit de faire périr son ennemie, sa rivale ; & cette entreprise dépend en partie de ce que Mazaël vient lui apprendre. Pourquoi paroît elle donc si tranquille ? Pourquoi ne demande t'elle pas au plutôt avec ce trouble passionné qu'elle doit avoir, ce que Mazaël a vû, ce qu'il a entendu, ce qu'elle doit craindre, & ce qu'elle doit attendre ?

Cette faute est d'autant plus sensible & plus importante, que par là le récit devient froid & presque indifferent. Mazaël parle, fait une description, & je ne sçai pas l'interêt qu'y prend Salome, je ne le sçai du-moins que par le recit, ce qui fait toujours une impression foible & languissante : aulieu que si je l'avois appris de Salome même ; si à l'aspect de Mazaël, elle m'avoit paru inquiéte, troublée, suspenduë entre la crainte & l'espoir, pressant avec une curiosité vive & ardente le détail des éclaircissemens qui lui importent si fort, alors le récit auroit été tourné en action, chaque trait eut excité en moi la joye, la surprise, la crainte, l'esperance qu'il devoit produire dans l'ame de la Princesse.

Je vous prie, Monsieur, de vous rappeller la premiere Scêne de Bajazet, elle a quelque rapport à celle dont il s'agit.

L'ambitieux Acomat avoit envoyé Osmin pour observer l'armée du Sultan ; *que ton retour tardoit à mon im-*

patience lui dit d'abord le Visir.

De ce qu'ont vû tes yeux parle en témoin sincere;
Songe que du récit, Osmin, que tu vas faire
Dépendent les destins de l'Empire Ottoman:
Qu'as tu vû dans l'armée? & que fait le Sultan?

Quelle grandeur, quelle magnificence ce début ne jette-t'il pas dans le récit d'Osmin? Voulez-vous au contraire gâter absolument cette Scêne, rien de si aisé, il ne faut pour cela que suivre M. Voltaire; supposez donc qu'Osmin, en commissionaire bien pressé, & plus pressé qu'Acomat lui-même, vienne dire froidement

Ouy, Seigneur, Babylone à son Prince fidelle,
Voyoit sans s'étonner son armée autour d'elle, &c.

Il faut convenir qu'alors cette Scêne si vive & si animée, deviendra tout à fait froide & languissante; Osmin ne me dira plus que des faits, & ma mémoire toute seule sera occupée.

Diroit-on pour justifier M. Voltaire que par le tour des deux premiers vers, il paroit que Mazaël ne fait que répondre à l'empressement de Salome.

Ouy cette authorité qu'Herode vous confie
Est partout reconnuë & partout affermie,

Mais que m'importe ce que Salome peut avoir dit & que je n'ai pas entendu ? Comment en devinant seulement qu'elle a dit quelque chose, entrerai-je avec chaleur dans l'interêt que sa situation doit produire en moi ?

Dira-t'on encore que Salome n'est si tranquille, que parce qu'elle sçait déja dequoi il s'agit ?

Il faut donc alors convenir, 1°. Que M. Voltaire n'a aucune idée du Théatre, puisqu'il n'a pas compris l'effet qu'eut produit la premiere situation de Salome à l'arrivée de Mazaël. 2°. Si cette Princesse est déja au fait, Mazaël est un vain discoureur, & Salome aime les répétitions.

Voyons maintenant dequoi il s'agit dans le récit, ce que Salome devoit répondre, & ce qu'elle répond effectivement.

Mazaël raconte les mouvemens dont il s'étoit apperçû en Judée, l'attachement des Israëlites pour Mariamne, le dessein qu'ils avoient de lui déferer l'authorité souveraine, les moyens qu'il a employez pour les faire rentrer dans le devoir. *Je leur ai peint*, dit-il, *Herode rentrant dans ses Etats :*

Son nom seul a partout répandu la terreur ;
Et les Juifs en silence ont pleuré leur erreur.

Vous ne doutez point, Monsieur, que ce récit n'ait dû interesser & émouvoir Salome. Elle a dû nécessairement lier dans son esprit le projet de sa vengeance avec les faits que Mazaël lui a raconté ; sa réponse suivant la nature doit donc manifester le trouble dont elle étoit agitée, & l'esperance qui lui succede.

On diroit au contraire que le récit de Mazaël est étranger à Salome ; elle l'écoute tout de suite, tout entier, & de sang froid, elle n'y répond même pas, & il semble qu'elle n'ait pas seulement daigné l'écouter. Comme pour avoir sa revanche, elle fait à son tour un récit, apprend à Mazaël qu'*Herode couronné par le Senat va revenir* ; que ce Prince qui étoit *favori d'Antoine*, est maintenant *ami de César* : Elle fait ensuite l'éloge de la *politique* & du *courage* de son frere ; pas un seul mot ni sur les faits que lui a appris Mazaël, ni sur Mariamne, ni sur l'espoir de sa vengeance.

Prenez

Prenez la peine, Monſieur, de jetter encore les yeux ſur la ſcêne de Bajazet que je vous ai citée ; vous y verrez comment le récit d'Oſmin occupe Acomat, avec quelle curioſité, quelle impatience, il en interrompt de tems en tems la narration, & enfin comme il entre bruſquement en matiere, après s'être pleinement ſatisfait ſur tout ce qu'il lui importoit de ſçavoir.

Acomat écoutant, interrogeant, interrompant Oſmin, me fait prendre à ce récit autant de part qu'il en prend lui-même. Il me ſemble le voir, à chaque trait d'Oſmin, préparer & arranger le plan de ſon entrepriſe ; je le ſuis, je le préviens dans toutes ſes idées : quelle impreſſion ne fait-il pas enſuite ſur moi, quand il me développe ſon deſſein ?

En un mot, Monſieur, liſez la ſcêne dont je vous parle, ſuivez exactement l'art que Racine y a employé ; c'eſt la critique la plus complette que je puiſſe vous donner de la ſcêne de M. Voltaire.

Il ſeroit très facile de vous donner un grand nombre d'exemples de cette espece ; mais j'espere que vous ne trouverez pas mauvais que je m'épargne un plus long détail.

Je ne connois aucun de nos faiseurs de Tragedies, sans en excepter même le grand Corneille, qui ne tombe souvent dans ce défaut ; selon moi c'est ce qui décide en faveur de Racine l'avantage que je lui donne sur tous les Poëtes dramatiques tant anciens que modernes.

J'admire comment tous les Vers de cet illustre Auteur sont dépendants les uns des autres, ensorte que le premier exige, pour ainsi dire, nécessairement le second, celui-là le troisiéme, & ainsi successivement dans la même proportion & la même convenance.

Quand un personnage de Racine doit être frappé d'un sentiment, il l'est toujours, & il l'est comme le spectateur a pressenti qu'il devoit l'être, c'est-à-dire, avec la même force, avec la même suite de mouvemens, & précisément jusqu'au point où la nature elle même s'arrête.

Le Spectateur ne se trouve jamais interrompu dans l'émotion présente,

www.ingramcontent.com/pod-product-compliance
Ingram Content Group UK Ltd.
Pitfield, Milton Keynes, MK11 3LW, UK
UKHW012123240726
13965UKWH00005B/1925

9 782013 05539C